Sarah Bernhardt

Sarah Bernhardt

Dans les nuages: impressions d'une chaise

Récit illustré par Georges Clairin

casimiro

casimiro [*casimoroa edulis*]

Récit illustré par Georges Clairin
G. Charpentier, Éditeur, Paris, 1878

En couverture: Johannes Vermeer, *Vue de Delft* (détail), 1660,
Mauritshuis, La Haye

www.casimirolivres.com

ISBN: 978-84-19524-63-8

Sarah Bernhardt
(Paris, 1844-1923)
dans le rôle de Doña Sol de l'*Hernani* de Victor Hugo (1878)

Dans les nuages
Impressions d’une chaise

Les pailles prirent naissance dans un modeste champ des environs de Toulouse et mes bâtons furent tirés d'un petit frêne de la forêt de Saint-Germain.

Ma nature rêveuse me transportait sans cesse dans les plus hautes régions.

Je rêvais le luxe, les voyages ; j'enviais les sièges dorés dont les pieds reposent sur des tapis d'Orient. Être chaise officielle eut été le bonheur de ma vie. Les fourgons de déménagement me donnaient des battements de cœur, lorsque je les voyais passer dans la rue chargés de meubles et de chaises qu'on transportait pour être expédiés au-delà des mers.

Heureuses chaises !

Et je pleurais en silence, la tête en bas, le corps accroché à une barre de fer, dans le haut de la boutique ; mes larmes coulant goutte à goutte faisaient crépiter le gaz placé au-dessous de moi.

- Quel sale bois ! disait la dame grinchue, propriétaire de la boutique.

C'était un mardi. Un gros monsieur entre dans le magasin.

- Je voudrais des chaises, dit-il, des chaises pas cher.

Il paraît que nous n'étions pas cher, car la marchande étalant vingt-quatre de mes compagnes :

- Voilà votre affaire, dit-elle, regardez-moi cela.

- Très-bien, dit l'homme, mais il m'en faut encore.

La dame grinchue en présente trente autres.

- Voici toute ma marchandise… ah ! encore cette chaise ; mais je vous préviens, - car je ne vole pas mon monde, - c'est du mauvais bois… ça pleure tout le temps.

- Donnez toujours, dit l'homme.

Me voilà partie dans une grande voiture. Je traverse des rues, puis des rues, un grand boulevard ; la voiture entre dans une immense cour et s'arrête devant une grille.

On nous descend, et deux jours après nous étions installées trois par trois autour de tables en marbre sur lesquelles étaient des portraits de femmes et des réclames de pharmaciens.

Je regarde, j'écoute : je suis, paraît-il, dans la cour des Tuileries devenue l'habitation du ballon captif.

- Quel bonheur ! un ballon !

Je voyais un ballon et le plus gros qu'il y eût jamais eu... Et puis il y avait une grande machine qui allait, allait toujours. Il paraît que c'était superbe ce que je voyais ; car j'entendais des hommes très-compétents disant :

- C'est admirable ! Giffard est un homme tout-à-fait remarquable : il a une organisation géniale !

J'étais fière. Je ne connaissais pas M. Giffard, mais ça ne fait rien, j'étais fière tout de même. Il y avait bien de ci de là

des gens qui critiquaient le câble, la nacelle, la vapeur ; mais je compris bien vite que ces détracteurs étaient des braves poltrons qui se faisaient critiques pour n'être point acteurs.

Je riais sous pailles à toutes ces petites faiblesses. L'un ne montait pas pour conserver un mari à sa femme, l'autre un père à ses enfants ; un troisième parce qu'il avait le vertige. Et ainsi mille prétextes anodins.

Cependant j'étais là depuis huit jours, et la foule augmentait à chaque ascension. Ah ! que j'aurais voulu monter en ballon, moi aussi ! mais non, les voyageurs restaient debout dans la nacelle ; donc aucun espoir pour une pauvre chaise.

J'étais plongée dans mes réflexions lorsque j'en fus tirée par la conversation de mes voisins.

- Qui saluez-vous ?

- Doña Sol.

- Ah ! montrez-la-moi, je ne la connais pas.

- Elle vient à nous.

Je regardai, et je vis s'avancer lentement, entourée de plusieurs personnes, une jeune femme un peu pâle et maigre. Elle jouait avec une petite canne et parlait horriblement vite. Elle monta en ballon, puis, après l'ascension, vint s'asseoir tout près de moi.

Elle était ravie : elle reviendrait le lendemain, et tous les jours, tous les jours.

Elle me plut beaucoup : j'aurais voulu lui servir de siège.

Elle revint en effet chaque jour et faisait deux ou trois ascensions. Je trouvais cela un peu beaucoup. Tout le monde était de mon avis et le lui disait.

- J'ai un peu mal à la poitrine, répliquait-elle, et je respire si bien là-haut !

Sa voix était si jolie que je lui donnai raison. Mais il n'en fut pas de même du monde bête et méchant. J'entendais ma jeune amie critiquée, défendue, calomniée. J'enrageais de ne pouvoir rien dire.

Un jour un gros monsieur, accompagné d'une plus grosse dame encore, ne tarissait pas d'injures à son adresse : Elle était poseuse, elle voulait à tout prix qu'on parlât d'elle, elle n'avait aucun talent comme comédienne ; c'était quelqu'un de caché qui parlait ses rôles, elle ne faisait que les gestes. C'était un sculpteur mourant de faim qui faisait ses statues dans une armoire, et, quant à sa peinture, on savait bien que ce n'était pas elle, puisqu'elle n'avait jamais tenu un pinceau.

- C'était *clair - hein* ? ... Et tous deux se tordaient de rire à ce jeu de mots bête comme tout.

Je bondissais de colère, et je secouai le gros monsieur qui, furieux, se lève de dessus moi, me prend par les épaules et me jetant à terre avec violence :

- Quelle mauvaise chaise !... elle pourrait à peine soutenir doña Sol !

- Tiens ! c'est une idée, s'écria Louis Godard qui passait en ce moment : elle est légère, nous l'emmènerons demain.

Et, me relevant, il examina mes membres pour s'assurer que le brutal ne m'avait rien cassé. Puis, il me transporta sous un grand hangar.

- Qu'on laisse cette chaise là, dit-il, en me plaçant dans un coin ; elle servira demain pour doña Sol.

Je restai rêveuse. Que voulait dire tout ceci : demain, doña Sol ?... que se passera-t-il donc demain ?...

Je vis toute la nuit des femmes accroupies par terre, sous mon hangar, et travaillant à une grande étoffe orange dont je ne pouvais distinguer la forme. Elles parlaient de demain, mais je ne saisissais que des bribes de conversation qui piquaient ma curiosité sans la satisfaire.

Enfin le jour se leva : c'était encore un mardi. Je m'étais légèrement assoupie vers le matin. Des hommes venant enlever l'étoffe orange m'éveillèrent brusquement , puis, l'un d'eux retirant sa veste la jeta sur moi.

Je ne pouvais plus rien voir.

J'entendais aller, venir sous mon hangar, mais je ne comprenais pas. Je souffrais beaucoup. L'homme à la veste revint, tout en nage, reprendre son vêtement. J'ouvris toutes grandes mes pailles.

Ô surprise ! J'aperçois une chose ronde et molle ayant la forme d'un immense champignon : cela sort de la terre en s'élargissant vers le ciel, et le champignon montait, montait toujours.

Il s'élève enfin de terre, retenu par des cordes. C'est un ballon, un tout petit ballon couleur d'orange ; il fait des révérences au gros ballon qui se dandine comme un éléphant.

La foule s'assemble : le ballon est tout à fait gonflé. J'aperçois doña Sol dans la foule.

Louis Godard vient me chercher sous mon hangar et je traverse la foule à son bras, un peu émue et saluant tout ce monde qui me regarde.

Je suis placée dans un petit panier à linge sale et au-dessus de ma tête le petit ballon qui me semble énorme maintenant. La foule s'écarte de nouveau. Je crois que c'est une autre chaise qui me vient tenir compagnie… Non ! c'est doña Sol au bras de M. Gaston Tissandier. Elle est suivie du jeune peintre Georges Clairin. M. Dartois et les deux célèbres Godard regardent dans le panier si je suis d'aplomb et si rien ne me gêne.

J'allais les remercier pour tant de soins lorsque je fus aveuglée par un flot de dentelles.

Doña Sol était assise sur moi.

Georges Clairin sauta dans la nacelle ainsi que le jeune Louis Godard, neveu des deux premiers.

Il était alors cinq heures trente minutes. La foule se pressait davantage autour du ballon : les chapeaux se soulèvent, les mains se serrent, les adieux s'échangent, et l'aérostat s'élève rapidement au milieu des applaudissements sympathiques…

Et puis rien ! rien !… la terre au-dessous, le ciel au-dessus… Je suis dans les nuages. J'ai laissé Paris brumeux, je trouve un ciel bleu et un soleil radieux. Le petit panier plonge dans une vapeur laiteuse toute tiède de soleil. Autour de nous des montagnes opaques aux crêtes irisées, une petite ligne de la couleur du plomb qui repousse le second plan. C'est admirable ! c'est stupéfiant !

Pas un bruit, pas un souffle. Ce n'est pas du silence, c'est l'ombre du silence. C'est doux, estompé.

J'entends doña Sol murmurer :

- Il me plairait vivre toujours ainsi.

Mais tout à coup le décor change : les nuages s'écartent, et l'aérostat se met à descendre au-dessus du pont de la Concorde, à une centaine de mètres du point de départ.

La foule qui se trouve encore réunie dans la cour des Tuileries se précipite vers les quais. Nous semblons, nous, nous précipiter dans la Seine.

Clairin se retourne vers l'aéronaute comme pour l'interroger.

- C'est une farce que je leur fais, dit Louis Godard ; vous allez voir.

Aussitôt il vide un sac de lest et nous remontons au ciel.

Le vent était absolument nul dans les régions supérieures, et l'aérostat redescendit encore une fois au-dessus du ballon captif.

Mais enfin vers six heures les courants aériens se formèrent et nous prîmes décidément notre vol du côté de l'est.

- Procédons à la toilette du ballon, dit Louis Godard, et mettons-nous à notre aise.

Aussitôt les sacs de lest sont enlevés du fond de la nacelle et placés au dehors. Le manteau de doña Sol ainsi que le caoutchouc de son compagnon sont disposés au-dessus de nos têtes en plis artistiques du plus joli effet. La jeune femme avait emporté une paire de bottes vernies, on les suspend à l'extérieur du petit panier. Cela semble les contrarier fort ; car j'entends la botte droite qui murmure à la botte gauche :

- Franchement, elle aurait bien pu nous laisser à la maison. Qu'elle veuille nous faire casser le cou à cheval, passe ; mais en ballon...

Je prêtais l'oreille pour saisir la fin de la phrase lorsque mon attention fut éveillée et clouée par la voix d'or de doña Sol :

- Ah ! elle m'embête..... (elle l'a dit) cette chaise ! si nous la jetions !

- Ah ! mais non, mais non, vous allez tuer un Parisien, s'écria Georges Clairin. Et il m'arracha des mains de cette forcenée qui déjà m'avait saisie et me balançait dans l'espace !

Quelle horreur !

J'avais bien entendu dire qu'elle brûlait des chats pour manger du poil rôti ; qu'elle faisait ses délices de queues de lézard et de cervelles de paon sautées au beurre de singe. Je savais qu'elle jouait au crocket avec des têtes de mort coiffées de perruques Louis XIV. Je la croyais capable de tout... Oh ! massacrer une pauvre chaise qui n'en pouvait mais, cela dépassait mes prévisions.

Cependant mon sort était fortement discuté, et je tremblais de tous mes bâtons lorsque le jeune Godard m'enleva subitement.

- Ah ! bah ! Madame a raison, elle nous gêne ; je vais arranger cela.

Je perdis connaissance.

Quand je revins à moi, je me trouvai suspendue à côté des petites bottes. Je nageais dans le vide, retenue seulement à la nacelle par une ficelle qui m'entourait la tête. J'eus quelques instants de vertige : puis, m'apprivoisant doucement à ma nouvelle position, je m'orientai.

À ma gauche, pendu par son anse, un petit panier ventru se balançait. La nacelle ressemblait à une friperie en vacances. Nous étions de nouveau dans les nuages à 1,600 mètres d'altitude.

Le spectacle n'était pas moins beau que la première fois. Les nuages gris moutonnés comme un cou de cygne nous servaient de tapis. De grandes draperies orange frangées de violet descendaient du soleil et s'allaient perdre dans une dentelle blanche et moussue. L'aérostat ne semblait pas marcher : il faisait frais, mais non froid.

L'air était pur.

Doña Sol récita une complainte fort jolie.

- Mais cela ressemble absolument à la complainte du Minuccio de Musset, dit Georges Clairin.

- Non, c'est celle de Musset qui ressemble à la complainte de Boccace, ou, pour être plus juste, le poète l'a traduite du vieux français vers par vers. Seulement je préfère, moi, celle de Boccace.

Et la jeune femme récita pour la seconde fois cette complainte que j'ai retenue. La voici :

Va dire, Amour, ce qui me faict douloir,
Compte au Seigneur que je m'en vois mourir
S'il ne me vient ou me veult secourir,
Celant par craincte un désireux vouloir.

Mercy, Amour, à joinctes mains te crie,
Voy mon Seigneur au lieu où il demeure,
Dy luy comment je le desire et prie,
Tant que d'ardeur il fauldra que je meure,
Toute enflambée et ne sçachant point l'heure
Que perdre puisse une peine si griefve,
Si sa pitié bien tost ne me relieve,
Je ne voy point moyen de me r'avoir.
Ains finira tantost ma vie briesve.
Helas, Amour, fay luy mon mal sçavoir.

Depuis que fuz de luy si amoureuse,
Je n'ay point eu le cueur ni l'avantage,

Comme la craincte, helas, pauvre paoureuse,
De luy compter mon vouloir et courage,
Dont d'ennuy suis en telle peine et rage,
Qu'ainsi mourant, mourir m'est grand oppresse,
Et si croy bien qu'il en auroit destresse,
Si bonnement ma peine il pouvoit voir ;
De luy mander je n'ay la hardiesse.
Helas, Amour, fay luy mon mal sçavoir.

Puis doncq, Amour, que je n'ay l'esperance
Que mon Seigneur puisse sçavoir, helas,
Par nul moyen jamais, ne par semblance,
Ce que je seuffre en mon pauvre cueur las,
Il te plaira me donner ce soulas,
Qu'il lui souvienne au moins de la journée
Qu'il combattit à la lance mornée,
Faisant tant bien au tournoy son devoir,
Par mon regard fut lors si adjournée
Que je n'en puis faire mon mal sçavoir.

Et ils engagèrent une conversation littéraire. Pendant ce temps le jeune Godard continuait l'aménagement du ballon.

Un bruit lointain de papier froissé attira l'attention des voyageurs. Un tourbillon noir passa devant nous, puis revint au-dessus du ballon. C'était une bande d'hirondelles désertant déjà notre climat. Peut-être une troupe de petites malades. Au milieu une vieille dame complètement vêtue de noir, une dentelle blanche sur la tête, un air grave et un embonpoint de douairière. Toute la bande fit halte en jetant des cris perçants à la vue de l'aérostat. La vieille dame tint conseil, puis les petites sauvages tournèrent deux fois autour du ballon, toujours en criant et la bande disparut à tire d'ailes.

L'air était devenu tiède et les bruits de la ville nous arrivaient portés par des émanations fades. Paris nous apparut de nouveau ; nous étions au-dessus de la Bastille. L'humidité avait chargé notre ballon et nous redescendions.

Il fallait de nouveau jeter du lest. Doña Sol réclama le plaisir d'ouvrir le sac et de couvrir de sable l'impudent génie de la Liberté. Une famille anglaise qui prenait l'air au balcon de la Colonne fut aveuglée par notre lest. Le père regarda d'un air courroucé l'élégant génie, croyant à une mauvaise plaisanterie de sa part. Mais celui-ci, la jambe en l'air, le bras arrondi, continuait ses grâces avec une désinvolture toute française.

Le sac vidé, nous remontâmes avec rapidité ; puis, ayant rencontré un courant plus vif, l'aérostat se mit à marcher avec une vitesse relative, mais qui nous semblait extrême, vu la lenteur avec laquelle nous avions voyagé jusqu'ici.

La ville se déroulait au-dessous de nous, estompée par l'heure grise. Les rues me semblaient être de longues couleuvres, les boulevards d'immenses boas au repos. La Villette, au loin, avec ses cloches à gaz ressemblait à un cimetière calciné. Le ballon s'arrêta un instant, planant au dessus d'un monument bizarre. On eût dit une roue gigantesque. Clairin, prenant la longue-vue, reconnut la Roquette. C'était l'heure de la promenade. Tous ces pauvres diables regardaient le ballon, ce fils des airs, emblème de la plus absolue liberté. Ils étaient là les yeux fixés sur l'aérostat, les bras ballants. Doña Sol regardait dans la longue-vue et exprimait tout haut les sensations diverses qui l'agitaient. L'un des condamnés, se promenant dans un étroit préau, s'appuya contre le mur et se prit à pleurer. Qui sait ? Peut-être attendait-il la mort, lui qui voyait là-haut la vie, le soleil, la liberté !

Nous reprîmes alors notre vol vers le ciel. Les voyageurs étaient un peu tristes. Le vent nous poussant, nous traversâmes le cimetière du Père Lachaise. Georges Clairin et doña Sol saluèrent en passant les tombes amies : la jeune femme effeuilla son bouquet de corsage et les blancs pétales tombèrent au hasard dans le champ de repos.

Un grand voile blanc enveloppait majestueusement le cimetière. Le ballon entra dans les plis du voile et marcha de nouveau en faisant de petits circuits. Vingt minutes

après, sortant encore des limbes, nous aperçûmes Vincennes. Il était six heures et demie et la faim se faisait sentir dans la nacelle. Comme chaise de bois, mon estomac ne réclamait rien ; mais les trois voyageurs n'étaient pas de même. On décrocha le petit panier ventru. Doña Sol s'assit au fond de la nacelle et prépara des tartines de foie gras. Louis Godard debout, une bouteille de vin de Champagne en main, fit sauter le bouchon qui alla se perdre dans les régions éthérées. La détonation se répercuta de nuages en nuages ; un jet mousseux s'échappa de la bouteille, un flocon qui passait but à longs traits l'écume blanche et s'en alla porter l'ivresse dans le ciel. Alors tous les nuages se mirent à voltiger, se baisant, se choquant, se brisant et nous enveloppant entièrement de leur ivresse céleste.

Georges Clairin, le crayon à la main, fixait sur son album l'étrange, scène de ce dîner à 2,300 mètres dans les airs. Doña Sol avait mis le couvert ; à chacun une serviette minuscule, une tartine de foie gras et un verre. La jeune femme avait un petit gobelet d'argent.

Le ciel était superbe, et le temps avait revêtu sa robe la plus brillante. Le dîner se passa très-gaiement ; on fit deux services : le premier de tartines de foies gras, le second de foies gras en tartines. Puis un succulent dessert composé d'oranges, et ce fut tout. On but à la santé de M. Giffard, à l'avenir des ballons, à la gloire, aux arts, à ce qui a été, est, et sera ; puis la bouteille, lancée en l'air, tomba dans le lac de Vincennes en valsant. Les cygnes, effrayés, battirent des ailes, le lac fronça ses sourcils ; puis, la bouteille ayant pris fond, le calme fut.

Il y eut un moment de tristesse vague.

- Pauvre bouteille ! murmura doña Sol, elle me fait l'effet d'une vieille comédienne. Brillante et capiteuse, elle nous a tout donné ; et, ingrats et repus, nous la jetons sans regret dans l'éternel oubli.

- Ah ! bah ! Vive la vie, puisque la mort est au bout, s'écria Georges Clairin.

- Ah ! mais vous n'êtes pas gais, vous autres, reprit Louis Godard. Les idées tristes n'étant pas du voyage, vous chargez le ballon et nous descendons. Lestez, lestez… Au diable les pensées philosophiques !

Les voyageurs, riant de cette boutade, ouvrirent la cage aux papillons noirs. On dut vider un nouveau sac. Le malheur voulut que le lest tombât en entier sur une noce étendue sur l'herbe. Nous étions descendus avec une si grande rapidité que nous ne nous trouvions plus qu'à 500 mètres du sol. Cette averse de cailloux fut accueillie par un hurrah d'horreur. Au premier moment, la mariée furieuse se retourna vers un petit garçon de sept à huit ans qui jouait paisiblement au cheval sur un parapluie et elle lui appliqua un vigoureux soufflet. Nous avions pris nos longues-vues.

Doña Sol, agacée par cette injustice, lança sur la noce la boîte de fer-blanc, laquelle renfermait les défunts foies gras. Tous levèrent les yeux. La soupape entr'ouverte permet au ballon de ne point remonter, les voyageurs ne voulant rien perdre de cette délicieuse scène.

Les mains en entonnoir, tous les gens de la noce hurlaient des injures qui malheureusement ne nous parvenaient pas. Le bébé frappé sans raison essayait de nous jeter des pierres, mais un paquet de bonbons lancé par la jeune femme arrêta sa vengeance et il s'assit paisiblement pour compter sa richesse. Le marié, qui n'avait cessé de tempêter, pris d'une idée subite, disparut derrière un buisson, et là, se croyant bien caché, puisqu'il ne nous voyait plus, retira son habit, puis son gilet, puis ses bretelles : ce que voyant, doña Sol demanda à remonter au ciel, craignant d'être indiscrète. Mais non, c'était une fausse alerte. Il prit une de ses bretelles, ramassa une pierre et se prépara à jouer de la fronde contre l'aérostat ; il se campe, il s'arc-boute et - une - deux - trois - il s'étale de tout son long dans une immense flaque d'eau.

Le fou rire s'empare alors de toute la noce : cela nous gagne, l'enfant fait des cabrioles, la belle-mère a une quinte de rire, son ventre, sa poitrine et ses jambes tressautent dans des convulsions effrayantes, la jeune mariée se tient les côtes, notre nacelle bondit de droite et de gauche sous

l'effort des éclats de rire des trois voyageurs, les bottes s'entrechoquent et font craquer leur vernis.

Je roule sur le panier ventru qui roule sur moi. Enfin, les nuages déjà grisés crèvent de rire et la comédie s'achève dans un sauve-qui-peut général.

Notre aérostat nous abritant contre cette averse hilarante, nous traversons l'ondée sans être mouillés. Nous nous élevons au-dessus des nuages et nous gagnons le soleil, laissant la terre sous un voile de pluie.

De nouveau nous voyons un admirable spectacle. Le soleil, furieux de se coucher si tôt, est rouge de colère ; de petits nuages gris le taquinent, passant et repassant sans cesse devant lui. Il ressemble à un lion blessé, tourmenté par des mouches. De grandes lignes noires arrêtent les horizons ; les nuages sont opaques autour de nous.

- On se croirait sur mer un jour de brouillard, fait remarquer Clairin.

L'orage gronde sournoisement au loin. Nous sommes à 2,400 mètres d'altitude. Il fait presque chaud. Nous laissons derrière nous Joinville-le-Pont : la Marne se déroule comme un ruban satiné ; les petits bateaux semblent des poissons à fleur d'eau ; la vue est ravissante. C'est l'heure grise. Tout prend une poésie embaumée.

Nous marchons, nous marchons très-vite, traversant plaines et bois, passant au-dessus des sourires et des larmes.

Voici un gai jardin : on chante, on rit autour de la table. Voici le petit cimetière : une femme y pleure. Toute la vie se déroule là de maison en maison. L'aérostat passe au-dessus d'un grand parc : il y a fête au château. On va, on vient, on danse.

Oh ! que c'est petit les hommes vus de si haut ! Et le bon Dieu, qui est encore plus haut ! mais il ne doit rien y voir.

Comme je faisais cette réflexion, une des bottes m'envoya un coup de talon ; je rentrai en mes pailles.

Le soleil s'était décidément couché. Il était sept heures et quart. La nuit couvrait ses épaules de son brun manteau. L'aérostat était à 2,600 mètres. C'était le plus haut que nous fussions encore montés. La terre avait complètement disparu. Une poésie un peu triste nous enveloppait. Doña Sol et Georges Clairin chantèrent une ballade bretonne. Je commençais à m'endormir, me laissant aller à une douce somnolence, quand la voix de Louis Godard me fit tressauter.

- Allons ! allons ! il faut songer à descendre. Jetons le guide-rope.

- Comment ! déjà ? s'écria la voyageuse. Quel dommage !

- Oh ! oui, oui, il se fait tard. Il s'agit de descendre d'une façon tout artistique. Au guide-rope ! fit-il, en détachant une corde.

- Au guide-rope, au guide-rope ! répétèrent les deux jeunes gens.

Je regardai ce que pouvait être ce guide-rope et je vis se dérouler une longue corde à laquelle étaient fixés de petits crampons de fer de distance en distance. Le jeune peintre et la comédienne se mirent courageusement à l'œuvre pour aider l'aéronaute. La corde avait 120 mètres de long. Godard, penché en dehors de la nacelle, la regardait se dérouler, pendant que Clairin et doña Sol la faisaient glisser doucement entre leurs mains, arrêtant son essor trop violent et riant quand l'un d'eux s'était piqué aux crochets. Enfin, la corde déroulée, Godard prit la longue-vue.

- Diable ! voilà bien des arbres, murmura-t-il.

En effet, à ce moment le ballon était au-dessus d'un très petit bois ; en face une plaine, et puis des bois à perte de vue. Après s'être orienté, l'aéronaute déclara qu'il fallait absolument descendre dans la plaine, sinon nous risquions de faire une descente en pleine nuit au milieu des bois de Ferrières. Il fallut prendre un parti. Doña Sol eut le grand plaisir d'ouvrir toute grande la soupape. Le gaz s'échappa du ballon d'un petit air moqueur en sifflant. Puis la soupape refermée, nous descendîmes assez rapidement. Quand nous fûmes à 500 mètres, Louis Godard sortit d'une de ses poches (véritables magasins) une petite trompe et se mit à souffler dedans avec violence.

- Ah ! mon Dieu ! je manque mon entrée, s'écria doña Sol.

Et, perdant la tête, elle allait se précipiter dans le vide ; mais Clairin l'arrêtant :

- Calmez-vous, lui dit-il ; ce n'est pas Hernani qui appelle, c'est le chef de gare.

Tous trois se mirent à rire. En effet, nous avions pendant cet incident traversé un petit hameau, à cheval sur la lisière du bois et nous nous trouvions au-dessus de la ligne de l'Est.

Cela était d'un effet bien curieux : la ligne noire serpentant en tous sens, réveillée par les cordons d'acier, le silence partout et puis tout à coup un monstre formidable arrivant à fond de train avec deux yeux flamboyants de colère, crachant des flammes de sa gueule de fer et formant avec sa chaude haleine des bataillons de nuages qui s'enlèvent hardiment vers le ciel.

Le chef de gare, voyant un ballon et comprenant à l'heure tardive qu'il voulait atterrir, avait appelé les hommes d'équipe afin qu'ils portassent secours, le cas échéant.

- Où sommes-nous ? cria Louis Godard dans la trompe.

- A u-u-u… ille, répondit le chef.

Impossible de comprendre.

- Où sommes-nous ? cria Clairin à son tour d'une voix terrible.

- A u-u-u… ille, hurla le chef entre ses mains.

- Où sommes-nous ? chanta la voix aiguë de doña Sol.

- A u-u-u… ille, répondit toute la bande.

Rien, rien !

Il fallut lester le ballon. Nous descendions trop vite et le vent nous repoussait dans le bois que nous venions de quitter. La nuit s'avançait : nous remontâmes vers le ciel. Il était bleu sombre, tout tacheté de nuages gris. Après dix minutes de route, la soupape de nouveau ouverte nous fit redescendre. L'aérostat était à droite de la gare et très-éloigné de son complaisant chef.

- À l'ancre, maintenant ! dit le jeune Godard. Et une nouvelle corde fut suspendue dans les airs. Au bout était accrochée une ancre formidable. La corde mesurait 80 mètres. Les bruits arrivaient de terre, confus, mais aigus. Je ne pouvais comprendre ce que je voyais grouiller au-dessous de moi.

- Ah ! mon Dieu ! quel troupeau d'enfants ! s'écria doña Sol.

En effet, nous étions suivis par des enfants qui, escaladant les haies, traversant les champs, couraient après le ballon, depuis sa halte au-dessus de la gare.

Nous n'étions plus qu'à 300 mètres de terre.

La trompe fit son office :

- Où sommes-nous ?

- À Verchères, cria la joyeuse bande.

Il fallut le leur faire répéter plusieurs fois.

- Où est-ce Verchères ? interrogea Clairin.

- Je ne sais…

- Ni moi…

- Bah ! Nous verrons bien.

Le ballon descendait toujours, mais doucement.

L'aéronaute jetait du lest, puis ouvrait la soupape ; enfin il opéra cette descente d'une façon remarquable, et, bien que l'opinion d'une chaise de bois lui importe peu, je lui fais quand même mes compliments.

Des paysans étaient accourus. La nuit estompait le paysage et tout prenait un aspect plus dramatique.

- Allons, vous autres, là-bas, prenez la corde qui traîne, et surtout ne tirez pas trop fort.

À ce moment je regardai le ballon et je fus frappée de stupeur. Lui, si rond tout à l'heure, était maintenant allongé, fripé. Il balançait le bas de sa jupe au-dessus de la nacelle. Oh ! il était bien vilain !

Les paysans s'étaient saisis de la corde et allaient la tirer à eux quand l'aéronaute leur cria de n'en rien faire.

- Ah ! ne tombons pas dans la mare !

En effet, au-dessous de nous une petite mare nous menaçait : en quelques minutes elle fut dépassée.

- Allez, maintenant, les enfants, à la corde et doucement.

Cinq hommes vigoureux prirent la longue corde. Nous étions à 120 mètres de terre, et je vous assure que, pour une chaise qui n'a jamais voyagé, c'était un spectacle bien étrange. La nuit maintenant nous enveloppait. Rien ne gardait son aspect réel. Les paysans nous semblaient être des géants, les enfants paraissaient lilliputiens. Cependant des femmes étaient arrivées aussi ; puis au milieu de ces têtes, qui nues, qui recouvertes de foulards ou de bonnets, trois chapeaux melons s'épanouissaient dans leur importance comme couvre-chefs de propriétaires.

Le jeune Godard donnait des ordres, ayant l'œil à droite, à gauche, partout ; encourageant les travailleurs :

- Bravo, les amis… parfait… doucement. Comportez-vous en chevaliers français ; il y a une dame dans la nacelle.

- Une dame ! crièrent en chœur les paysans…

- Une dame ! répéta l'écho…

- Une dame ! coassèrent les grenouilles dans la mare…

Et la foule se précipita vers le ballon. L'un des curieux, plus pressé que les autres, frotta une allumette. Le jeune aéronaute poussa un rugissement de colère.

- Eh bien ! mon brave, si vous en avez une autre, allumez-la aussi, et venez nous faire tous sauter.

Un cri général accueillit cette boutade, et l'imprudent curieux fut injurié, bousculé et repoussé au loin.

Cependant la foule s'était éloignée avec effroi, et, sans l'ancre qui s'était fichée en terre, nous repartions pour les airs. Enfin, la curiosité étouffant la crainte, ils revinrent en masse.

- Prenez les cordes et tenez-vous sur la pointe des pieds, Mademoiselle, dit Godard à la comédienne ; surtout n'ayez aucune crainte, je vous ferai atterrir sans secousse.

Il tint parole. Grâce à son habile manœuvre, la nacelle toucha terre comme un oiseau se pose. Je craignais de briser mes quatre jambes de bois, en frappant contre le sol ; il n'en fut rien. Je restai suspendue à la nacelle sans ressentir la moindre oscillation.

- Voilà la dame, voilà la dame ! s'écrièrent les enfants.

- Voyons comme qu'elle est ? disaient les femmes.

Un enfant m'aperçut.

- Ah ! une chaise pendue à l'envers du ballon. Quelle drôle d'idée, une chaise en ballon !

- C'est pour l'équilibrer, fit un chapeau melon.

Georges Clairin sauta à terre, et voulut enlever doña Sol.

- Mais non, mais non, je ne veux pas descendre… On m'a promis un petit traînage… je veux mon petit traînage.

- Ah ! ce sera pour la prochaine fois, Madame. Les éléments sont contre vous. Il faut accepter aujourd'hui cette banale descente.

Doña Sol se laissa enlever en soupirant ; le peintre la posa doucement à terre et la foule l'entoura aussitôt.

- Ah ! la Madame, disait une fillette en touchant sa robe.

- Ah ! sainte Marie ! c'est moi que je ne confierais pas ma peau à c'te machine, dit, en se signant, une vieille paysanne ridée, courbée, noircie.

- Ce serait dommage, la mère ; le pays perdrait son plus beau morceau et monsieur le curé sa plus jeune brebis.

La petite troupe éclata de rire.

Doña Sol avait été remplacée dans la nacelle par un grand gaillard. Il en fut ainsi de chaque voyageur. Mais vraiment c'était inutile pour la jeune femme. Elle lestait plutôt le ballon qu'elle ne le chargeait. Les trois paysans tenus par les cordes furent enlevés à quelques mètres du sol, à la grande joie des assistants. Les bottes, le panier et moi étions toujours suspendus. Enfin l'aérostat toucha décidément terre. Georges Clairin vint me détacher et me porta dans le champ. Doña Sol s'assit sur moi et mit ses petites bottes. La terre était trempée, et les foins coupés m'entraient dru dans les bois.

Les trois chapeaux melons s'approchèrent en discutant tout bas.

- Je vous assure que c'est elle, dit une voix jeune et fraîche.

- Mais non, mais non, répliqua une voix gourmée.

- Peut-être, murmura le troisième chapeau.

- J'ai reconnu sa voix.

Et le jeune homme, s'approchant de la jeune femme, la salua, disant :

- C'est un grand bonheur, pour notre modeste village, Mademoiselle, que de recevoir doña Sol.

- Vous me reconnaissez donc, Monsieur ? et comment cela ? On y voit à peine.

- À votre voix, Mademoiselle.

- Ah ! vraiment ? Cela me fait grand plaisir, et je suis très flattée, Monsieur.

Le deuxième chapeau s'approchant :

- Moi, j'ai le droit d'en vouloir à Mademoiselle.

- Et pourquoi cela, Monsieur ?

- Parce que vous avez refusé l'invitation que j'avais eu l'honneur de vous faire.

- Ah ! mais, je ne comprends pas du tout...

- Ni moi, ajouta le plus jeune...

- Ni moi.

- Ni moi.

- C'est bien simple pourtant, voilà : le ballon passait, il y a une heure à peu près, au-dessus de ma propriété ; car je suis propriétaire, Mademoiselle, le plus grand propriétaire du pays. J'avais du monde à dîner : nous sortîmes pour voir le ballon et je reconnus de suite Mademoiselle.

La jeune femme étouffa son rire.

- Ah ! bah ! dit Clairin, d'un air goguenard. C'était vous, Monsieur, qui faisiez des signaux ? Ah ! je vous remets très-bien... Oh ! très-bien.

- Voyez, dit le propriétaire rayonnant aux deux autres chapeaux stupéfaits.

L'obscurité aidant, chacun dissimula, et il put continuer.

- J'ai donc reconnu Mlle doña Sol et je fis des signaux, comme le disait à l'instant M. Godard que j'ai aussi reconnu.

- Ah ! moi aussi, Monsieur ? murmura Clairin.

- Oui, monsieur Godard, tout de suite. Je fis donc des signaux et j'espérais que le ballon allait descendre dans mon parc, et que j'aurais l'honneur de vous avoir à ma table. Mais on lança du ballon un inconcevable pi-ouït... et l'aérostat s'éloigna. Voilà, Mademoiselle, en quoi j'ai droit de vous en vouloir un peu.

Tout cela fut dit d'un ton empesé, avec un accent nasal et grave. Enfin, il paraît que c'était absolument la copie du fameux acteur Baron. À ce moment le jeune Godard se joignit à nous, et, craignant qu'il ne gâtât tout, doña Sol s'écria en le présentant :

- Voici M. Clairin, notre compagnon de route.

- Ah ! parfaitement ; M. le directeur n'a pas voulu laisser sa sociétaire courir seule les dangers d'un voyage dans les airs. Eh bien ! Monsieur Perrin, je vous fais tous mes compliments.

Le jeune Godard, pris à l'improviste, allait répondre ; mais, craignant de se trahir, il bondit comme une chèvre au-dessus du petit mamelon, en s'écriant :

- Allons, les enfants, au ballon ! il faut dégonfler le ballon.

- Il est très-gai, M. Perrin, dit le faux Baron... très-gai... et bien jeune. Il doit être aimé.

- Oui, Monsieur, très-aimé.

Un cri général arrêta cette bizarre conversation. Le ciel venait d'ouvrir toutes ses écluses. En un instant nous fûmes absolument inondés. J'enfonçais dans la terre. Doña Sol se

leva et, s'enveloppant de fourrures, elle voulut rester debout.

- Mais vous allez être trempée, Mademoiselle, dit le jeune homme désolé.

- Oh ! n'ayez crainte, Monsieur. Je suis si mince que je passe entre les gouttes.

Les femmes, les enfants, couverts seulement de leurs camisoles, mirent leur jupon sur leur tête. Une fillette de dix à douze ans, oubliant qu'elle n'avait que ce jupon pour la couvrir, resta nue à partir de la ceinture, et, malgré l'observation qui lui fut faite, elle persista, prétendant qu'on n'y voyait pas clair.

Tous les enfants s'étaient groupés autour de la jeune femme qui en abritait trois sous son large manteau. Georges Clairin et Godard travaillaient au ballon, aidés par une vingtaine d'hommes.

Le spectacle était bizarre. Le champ dans lequel nous étions étant fort grand, l'horizon ne nous apparaissait que lointain. Le ballon, couché à terre, respirait fortement. Les hommes pressaient ses flancs et le gaz s'échappait comme un souffle puissant. On eût dit une tortue gigantesque râlant. Les mailles du filet, estompées par la nuit, complétaient l'illusion en formant les écailles de la bête. Les hommes étaient trempés tant de sueur que de pluie. Doña Sol fut très-touchée de l'attention d'un garçonnet qui avait été lui chercher un parapluie. Elle s'en servit pour abriter quelques marmots et surtout le petit commissionnaire qui était en nage.

- Mais on est très-galant dans ce petit pays, fit-elle en souriant.

Alors le troisième chapeau, s'approchant, fit entendre sa voix. (Il n'avait encore dit que : Peut-être !) Mais, heureux de se présenter enfin, il chanta d'une voix douce et lente :

- Oui, Mademoiselle, vous avez bien raison. Ce pays est le foyer des mœurs simples et aimables. Tous ces braves gens s'aiment entre eux et se soutiennent. Ainsi ce petit que vous caressez si gentiment, il est orphelin. Mais tous les paysans sont pour lui son père et sa mère et le berger l'a recueilli.

- Et vous, Monsieur ?

- Moi, je les encourage, Mademoiselle. Je suis le plus ancien propriétaire du pays : ils sont tous mes enfants, et cette commune sera riche après ma mort.

- Mais non, Monsieur, je ne suis pas orphelin… papa n'est pas mort.

- Non, mon petit homme, non ; mais cela ne tardera pas, car ton cher père sera guillotiné.

Je tressautai de terreur. Doña Sol réprima un mouvement d'effroi ; l'enfant se prit à pleurer, et le troisième chapeau, heureux de l'effet produit, continua son chant monotone :

- Hélas ! oui, c'est une bien triste histoire. Le cher père de cet enfant a tué sa bonne mère il y a un mois. Et du reste, tenez. Mademoiselle, le crime a été commis juste à la place où se trouve cette chaise.

Je bondis de frayeur : le demi-orphelin qui avait grimpé sur moi fut jeté par terre.

- Ah ! tenez, tenez, c'est très-drôle... ce que c'est que le hasard, l'enfant y est tombé en plein. Oui, c'est à cette même place que la malheureuse femme fut assassinée.

- Et comment cela ? demanda doña Sol après avoir ramassé l'enfant.

- Oh ! c'est bien simple, Mademoiselle. Ces jeunes gens ne s'aimaient plus. Le mari surtout voulait prendre une autre femme. Cela se peut quand on est célibataire comme moi ; mais le mariage est absolu, et puis à la campagne on n'est pas assez riche pour se séparer. Bref, un matin que la pauvre femme venait d'apporter le déjeuner de son homme qui fauchait le même foin dont voici les racines, ce dernier lui envoya un coup de sa faux ; mais cela ne lit qu'entamer la jambe. Ni l'un ni l'autre n'en dirent mot. Quelque temps après ils revinrent ensemble pour charger les bottes qu'il fallait rentrer. La femme était là près de la voiture, et, lui, jetait les bottes de là-bas. À la cinquième il lui cria : " Tiens, la mère, pare celle-là... " et il lança la fourche qui s'enfonça dans le cou de la malheureuse femme. C'est le berger, caché dans ce petit bois, qui a vu et raconté la chose.

Pendant ce triste récit, les femmes s'étaient reculées progressivement de l'endroit du crime. Les enfants consternés écoutaient la voix traînante chantant la triste odyssée. Le ballon lui-même prit un air dramatique. Pressé par des mains vigoureuses, il s'était aplati, écrasé. Il passait dans ce corps mutilé quelques derniers souffles de gaz qui soulevaient sa poitrine. Mais il finit par s'assoupir, ayant l'air d'un boa au repos. La pluie ne cessait de tomber. Doña Sol s'informa par quel train on pourrait revenir.

- Oh ! seulement par le train de dix heures, parce que la gare est à une heure d'ici en voiture. Et, comme il n'y en a pas, il faut compter deux heures à pied en marchant vite.

- Mais c'est impossible ! s'écria Clairin. Jamais Mademoiselle ne pourra marcher jusque-là.

- Il doit y avoir un autre moyen, répliqua la comédienne.

Et, cherchant du regard le jeune premier chapeau, elle sembla contrariée de ne le point voir.

- Ah ! il est allé se coucher, le jeune agriculteur, dit la voix gourmée. De mon temps on était plus galant.

- On est aussi galant, mais plus pratique, cher Monsieur, dit le jeune accusé en sautant lestement d'une voiture qui venait d'arriver sans que nous l'ayons entendue. Je viens de chez moi où j'ai fait atteler deux voitures, une pour Mademoiselle et ses compagnons, l'autre pour les dépouilles du ballon.

Doña Sol tendit la main au jeune homme en le remerciant.

- Ma foi ! vous nous sauvez, dit Georges Clairin. Il paraît que les chemins ne sont pas faciles.

- Oh ! il eût été impossible à des pieds de Parisienne de faire seulement la moitié de la route.

Pendant ce petit épisode, Godard avait fait rouler le ballon et l'avait fait mettre dans la nacelle avec son guide-rope, son ancre et ses cordes. La seconde voiture étant arrivée, il fut hissé péniblement. Pauvre ballon ! lui si gai, si pimpant il y a quelques heures, il était maintenant tout froissé, tout refoulé au fond de son panier. Sa belle couleur orange a disparu sous la pluie qui continue tapageuse et féroce. Tout le monde est silencieux. C'est le service funèbre d'une partie de plaisir.

Alors Louis Godard, prenant un air solennel :

- Écoutez-moi tous, dit-il.

On s'approcha de lui.

- Voilà ce que doña Sol et Georges Clairin vous prient d'accepter pour boire à la santé de M. Giffard.

Hommes, femmes, enfants, se ruèrent sur le jeune capitaine.

- À moi ! à moi, Monsieur…

Et les mains se tendent.

- Quel est le plus âgé d'entre vous ?

- C'est moi, Monsieur.

- Non, c'est moi !

Un peu plus les enfants auraient juré qu'ils avaient quatre-vingts ans.

- Donnez-moi ça, dit une basse-taille effrayante. Je vais tous les régaler ce soir, et demain on déjeunera avec les restes.

C'était l'unique gargotier du village qui parlait ainsi. La proposition fut acceptée et l'argent remis entre ses mains.

Alors la petite troupe nous souhaita bon voyage, et tout ce monde disparut à travers champs. On eût dit une nuée de moineaux à laquelle on jetait des pierres.

Tout le monde s'était approché de la route, et j'étais restée seule dans le champ meurtrier.

Doña Sol montait en voiture, quand, se retournant tout à coup :

- Ma chaise, dit-elle, où est ma chaise ? Je la veux.

- Bah ! elle fera demain le bonheur d'un paysan. Laissez-la donc, dit Louis Godard.

- Non ! non ! je l'aime, cette chaise ; qu'on me l'apporte.

La joie me donna un battement de cœur, et, quoique ne comprenant rien à cette tendresse subite, j'oubliai mes griefs et me repris à l'aimer. Après m'avoir cherchée quelques instants, Clairin me transporta dans la voiture près de la jeune femme.

- Pauvre chaise ! comme elle est trempée ! dit-elle, en essuyant et ma pluie et mes larmes.

Car je pleurais comme une bête : j'étais nerveuse.

La voiture dans laquelle je me trouvais était un élégant char-à-bancs.

Doña Sol avait pris place dans le fond ; à côté d'elle Clairin, en face moi, couchée sur une banquette. Dans le coin, Louis Godard, fatigué, faisait vis-à-vis au Monsieur gourmé. Le troisième chapeau était parti seul à pied. Le jeune homme sur le siège conduisait, ayant à ses côtés nos couvertures, le panier ventru et l'orphelin qu'on devait déposer chez le berger en passant. La jument grise partit à fond de train, laissant bien loin derrière nous la voiture qui portait le défunt ballon.

La conversation était languissante. La pluie ne cessait de tomber ; les chemins étaient très-mauvais, la nuit était noire ; pas une maisonnette éclairée. Il faisait froid ; il faisait faim, paraît-il. Chacun commençait à somnoler, lorsque la voiture s'arrêta brusquement et le jeune agriculteur s'adressant à doña Sol :

- Voyez-vous, Mademoiselle, cette petite cahute cachée sous les bouleaux ? Elle est habitée par une pauvre folle bien intéressante. Elle perdit, il y a vingt-deux ans, un fils de sept ans qu'on avait surnommé le Rossignol dans le pays, tant il chantait joliment. La malheureuse mère, depuis ce temps,

passe ses journées, hiver comme été, qu'il pleuve, qu'il gèle ou que le soleil brûle, à chercher des petits vers, des chenilles et des fourmis dont elle emplit sa maison, et la nuit elle se promène en appelant son fils et semant le long de sa route son étrange récolte. Écoutez, dit-il.

Une voix triste et vacillante s'éleva dans la nuit : - Rossignol, rossignol, rossignol, viens, petit !

Une ombre sortit du taillis, longea la haie et entra dans un champ, dessinant sur l'horizon sa grande ligne un peu courbée. Les épaules moitié nues étaient mordues par la pluie ; le bras se balançait en cadence, jetant sa semaille de chenilles et de fourmis, et l'ombre disparut dans la nuit.

- Rossignol, rossignol ! gémit encore la voix. Puis le silence se fit.

- Pauvre, pauvre mère ! murmura la comédienne. Elle essuya une larme du bout de son doigt ganté et la voiture repartit bondissante et joyeuse.

Nous entrions dans le village.

La voiture fit halte devant une grille et le monsieur gourmé descendit.

- Je suis arrivé chez moi. Je vous souhaite bon voyage, Mademoiselle. Monsieur Perrin, monsieur Godard, je vous salue.

Et il entra gravement dans son parc. Nous continuâmes alors notre route. - Stop ! nous voici enfin à la gare. Tout le monde descend ; la jeune femme me prend sous son bras et nous entrons.

- Tiens, monsieur Godard ! s'écrie le chef de gare.

- Ah ! Mademoiselle doña Sol !...

- Mais vous connaissez donc tout le monde ? interrogea Clairin.

- Ah ! Monsieur, j'adore les ballons et je raffole du théâtre. Mais entrez donc dans mon bureau, il y fait plus chaud qu'ici et Mademoiselle doit être glacée.

L'aimable homme nous installa chez lui.

- Où sommes-nous ici ?

- À Émerainville. - C'est bien vous que j'ai aperçus vers les sept heures, n'est-ce pas ? J'ai cru que vous alliez descendre ici.

- Ah ! bah ! c'est à vous que nous avons demandé... ?

- Oui... oui... le pays... je vous l'ai crié tant que j'ai pu, mais j'ai compris que vous n'entendiez pas.

- Ah ! Monsieur est artiste ? dit-il, en voyant Clairin faire un croquis.

- Oui, je suis peintre.

- Oh ! quelle joie pour moi de recevoir des artistes !... Je les adore, Monsieur, je les adore.

- Est-ce qu'il n'y aurait pas moyen de manger quelque chose et de boire un verre d'eau ? Je meurs de faim et de soif, dit Godard.

- Mais si ; je vais vous chercher cela.

Quelques instants après un enfant apportait du pain, du fromage et du cidre.

- Ah ! mais, je n'aime pas le fromage, moi, objecta doña Sol.

- Bah ! pour une fois, vous l'aimerez, répondit Clairin.

- Mais cela sent mauvais…

- Mais non ; soyez donc simple, chère Madame, personne ne vous regarde.

La jeune femme envoya un coup de badine à son compagnon, et elle se mit bravement à manger du pain et du fromage.

Pendant ce repas un peu frugal, le propriétaire des voitures veillait au débarquement du ballon. La nacelle, emplie par les dépouilles de l'aérostat, fut descendue et mise en dépôt à la consigne. Pauvre fils des airs ! prisonnier dans une cage et revêtu de l'insigne des colis.

Le train était très en retard ; mais le chef de gare nous dit que cela était la faute aux prunes. - Pourquoi ? - Mystère ! - Enfin le sifflet se fait entendre ; nous nous précipitons sur le quai, moi toujours portée par doña Sol. On remercie le chef de gare pour son hospitalité. M. Clairin remet sa carte au jeune agriculteur qui l'échange contre la sienne, et doña Sol, s'approchant de M. B***, lui témoigne sa gratitude

pour tous les services qu'il a rendus et la bonne grâce qu'il a mise à les rendre.

Nous montons en wagon. Doña Sol met ses pieds sur moi : je les lui baise avec reconnaissance. Clairin s'allonge en face sur une banquette et Louis Godard se met à l'aise. Le train part : chacun sommeille ; et moi, j'essaie de rassembler de mon mieux mes esprits troublés par tant d'aventures diverses. Hier encore, j'étais une chaise rêvant comme impossibles un tapis, un salon, une voiture, un petit voyage ; et, depuis hier, j'ai passé ma nuit sous un hangar fantastique, j'ai traversé une foule nombreuse qui m'acclamait, je suis montée en ballon, je suis restée une heure dans un champ témoin d'un crime horrible, je suis allée en voiture, j'ai vu une folle ; enfin, je roule en chemin de fer ! ! ! Que va-t-il m'arriver ? Ô *Vierge à la chaise*, protégez-moi !

Je m'endormis : combien de temps dura mon sommeil ? Je ne sais. Nous voici à Paris. Les voyageurs descendent ; chacun prend un paquet ; doña Sol me garde à son bras. Mes tempes battaient à rompre mes bois : j'avais peur… très-peur ! On arrête deux voitures. La comédienne monte seule avec moi dans l'une.

- Quant à vous, dit-elle à Clairin et à Godard ; allez faire votre tournée rassurante, et bonne nuit !

En effet, MM. Giffard, Tissandier et Godard avaient fait promettre aux voyageurs de leur faire savoir le résultat de la descente le plus tôt qu'il leur serait possible. Le télégraphe ne fonctionnant plus à partir de neuf heures dans les pays sauvages qui entourent Paris, ils étaient sans nouvelles. Mais les jeunes gens remplirent leur promesse et partirent gaiement, malgré l'heure tardive et la grande fatigue.

Me voici en voiture avec mon amie : nous partons ! Où vais-je ?... où vais-je ?... Nous marchons pendant une demi-heure et la voiture s'engage dans une grande allée bordée d'arbres. La jeune femme se penche, arrête brusquement le cocher et lui dit de continuer au pas. Elle riait toute seule en poussant des petits : Ah ! ah ! étouffés. Lui aussi, ah !... et lui... Comment encore celui-là... et cet autre... mais ils sont tous fous.

Je me haussai pour voir. Une ombre passa, jetant un regard dans la voiture. Doña Sol cacha sa tête. Une autre ombre marche nerveusement à droite frappant le pavé d'une canne ; des ombres assemblées plus loin font des gestes désespérés... Nous avançons au milieu d'ombres... J'ai peur... j'ai peur ! Nous avançons toujours : en face, une maison très-éclairée, toute couverte de lierre. Sur la terrasse, des femmes, des hommes, des enfants et des chiens interrogent l'horizon. Doña Sol rit aux larmes. La voiture tourne : elle s'arrête à la grille de la maison éclairée. Une clameur effrayante s'élève dans la nuit. Les ombres se précipitent, se bousculent... la terrasse devient déserte... les femmes, les enfants crient, les chiens aboient. La rue s'éveille, les gardiens de la paix s'inquiètent.

- Vous n'avez rien ?... vous êtes complète ?... Avez-vous eu froid ?

Une dame d'une quarantaine d'années s'avance... elle est très-pâle.

- Vous nous avez bien tourmentés, ma chère enfant, dit-elle d'une voix douce et grave.

- Chère Madame Guérard, remettez-vous ; je n'ai rien de cassé... et je me suis tant amusée ! dit doña Sol en l'embrassant affectueusement. Puis, se dégageant de toutes ces étreintes, elle supplie en grâce qu'on la laisse rentrer chez elle.

- Mais quittez donc cette chaise, dit un gentleman en essayant de me prendre.

- Non, non ! ne touchez pas à ma chaise... que personne ne touche à ma chaise ! Tiens, Félicie, je te la confie, dit-elle à sa jeune camériste. La jeune femme à laquelle on me confiait était une jolie brune, spirituelle et douce, le vrai petit majordome de la maison. Elle me transporta dans une immense pièce remplie de tapis (mon rêve !), de palmiers et d'objets de toutes sortes. Oh ! que j'étais heureuse ! Je regardais, je regardais... Mais quelle ne fut pas ma terreur en apercevant, perché sur un grand vase, un cygne blanc empaillé, puis, dans le vase, un grand palmier et sur les tiges de ce palmier deux singes dans les bras l'un de l'autre, l'un blanc, l'autre noir... puis un autre singe sur une autre tige... celui-là était gris. Je vois encore un oiseau rouge et vert avec des ailes émeraude... une chauve-souris énorme au faciès grimaçant, un squelette de chat, deux perruches, un coq de bruyères et un grand squelette de lévrier ! Quel spectacle !

Voilà donc l'antre de cette femme à la voix d'or... voilà ses victimes ! Je détournai les yeux avec horreur, mais mon regard tomba sur des objets plus épouvantables encore. Dans le fond de la pièce un petit escalier sombre, sinistre, descendait, je pense, aux enfers : dans l'encoignure pendait, attaché par un anneau, un squelette... un squelette d'hom-

me ! Cette fois, la colère s'empara de moi : je voulus m'élancer pour aller prévenir la justice qu'un crime venait d'être commis… que dis-je, un ? peut-être dix crimes,… peut-être davantage. Par un brusque mouvement, j'échappai aux mains de Félicie et je roulai à terre. Au bruit que fit ma chute, doña Sol accourut.

- Ah ! ma chaise… ma pauvre chaise ! J'y tenais tant : elle a un pied cassé… quel dommage !

Je m'étais, en effet, cassé la jambe. Alors, arrachant un nœud de satin à sa robe, elle me la raccommoda en un instant.

- Que ferez-vous de cette chaise, chère Madame ? demanda un ami.

- Je vais la mettre dans le caveau des souvenirs.

Je regardai avec effroi l'escalier mystérieux.

- Il est grand ce caveau ? interrogea un Monsieur à cheveux gris.

- Très grand ! et sur la porte il est écrit : *Tout passe, tout casse, tout lasse.* - Et maintenant, bonne nuit, Messieurs, dit doña Sol en serrant la main aux uns, laissant baiser la sienne aux autres.

Chacun se retira.

- Viens me coucher, ma Félicie. Bonsoir, ma chaise !

Le lendemain, dès l'aurore, elle descendit vêtue en garçon, tenant un petit marteau à la main. Derrière elle, le maître d'hôtel, mari de la jolie Félicie, portait une boîte de clous et un tas de petites boîtes vertes. Elle se mit à genoux devant moi, et, avec une délicatesse toute charmante, elle m'enfonça vingt-deux clous dorés dans la poitrine. À chacun d'eux elle accrocha une médaille sur laquelle étaient écrits ces mots : SOUVENIR DE MON ASCENSION DANS LE GRAND BALLON CAPTIF A VAPEUR DE M. HENRY GIFFARD.

Depuis ce temps je reste dans mon coin, témoin muet de bien curieuses choses. Mes pieds reposent sur un tapis d'Orient ; mes pailles essuyées brillent au soleil ; ma jambe cassée et ma poitrine médaillée m'ont fait surnommer l'*Invalide*. J'ai tout ce que j'ai rêvé ; je devrais être heureuse, et cependant je ne puis m'empêcher de chanter avec Béranger :

Combien je regrette
Mon *bois* si dodu,
Ma jambe bien faite
Et le temps perdu !

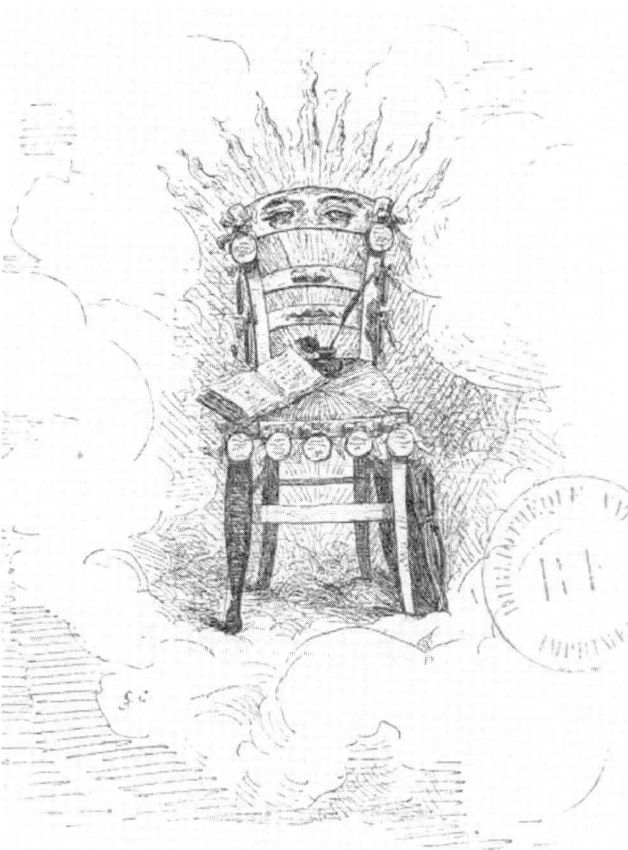

D.L.: M-22829-2022
Imprimé en Espagne